4080

같은 듯 다른 듯

4080 같은 듯 다른 듯

초판 1쇄 발행 2025년 7월 25일

지은이 장석영 외
펴낸곳 모바일북

등록 2012년 3월 28일 (제2012-000066호)
주소 경기도 고양시 덕양구 화중로 130번길 32 파스텔프라자 405호
전화 070) 4685-5799 **팩스** 0303) 0949-5799
전자우편 gliderbooks@hanmail.net
ISBN 979-11-974708-7-5 03810

맥파문학　　　　　　　　　　디카시집

4080
같은 듯 다른 듯

김순희 · 김혜경 · 박양순 · 박향연 · 백인숙

오은경 · 윤선화 · 윤순자 · 이선옥 · 이재순

이필녀 · 이한진 · 이희숙 · 장석영 · 장애란

전대선 · 정찬주 · 조현순 · 채민신 · 황상숙

모바일북

순간의 진동을 언어로 붙잡다

맥파문학 대표 장석영

이미지와 시가 만나 탄생하는 디카시는 일상의 순간을 예술로 승화시키는 창입니다. 순간의 결을 포착해 언어로 꽃을 피우는 감성 문학입니다. 멈춤의 순간을 마음의 틈에서 피어난 따뜻한 시선으로 엮어 만든 문학의 정원에서 여러분과 함께하게 되어 기쁩니다.

평범한 일상도 시의 언어로 바라보면 특별한 이야기가 됩니다. 그 이야기는 우리의 마음을 어루만지고 서로의 감성을 잇는 다리가 되기도 합니다. 그래서 우리는 스쳐 지나가는 풍경, 무심한 표정, 조용한 빛 하나에도 관심을 기울이고 그 순간의 진동을 언어로 붙잡기 위해 노력합니다. 사진 한 장 속에 내려앉은 시의 숨결이 일상의 그늘에 조용한 위로가 되기 때문일까요. 우리는 이 작은 세계 안에서 서로의 마음을 들여다보고 다정한 위로를 주고 받습니다.

디카시는 누구나 쓸 수 있고, 누구나 쉽게 접근할 수 있습니다. 다만, 그 짧은 한 줄에 담긴 삶의 진심과 감정은 결코 가볍지 않습니다. 따뜻한 시선과 섬세한 사유思惟가 필요합니다.

이번 시선詩選에서는 회원들의 다양한 작품을 소개하고, 신진 작가 발굴과 문학적 교류를 위한 장으로 외연을 확대하는 데 의미를 두었습니다. 디카시가 더 넓은 문학의 공간으로 나아갈 수 있도록 여러분의 지속적인 관심과 참여 부탁드립니다.

함께 빛나는 마음을 잡다

맥파문학 회장 정찬주

맥파문학 디카시집이 빛을 보았습니다. 카메라 셔터를 누르고 시상에 젖으며 긴 시간을 걸어왔습니다. 때로는 수도승의 마음으로, 두 손 모아 기도하는 사람의 마음으로, 새해를 맞이하는 타종의 순간처럼, 맥파문학 문우는 디카시와 친해졌습니다.

디카시에 대한 개념 정립을 위한 이론 수업과 유명 작가를 초빙하여 특강을 듣기도 했습니다. 서로의 작품을 공유하고 윤문을 받으며 내공을 쌓아왔습니다. 맥파문학 월간 디카상을 운영하면서 문우들에게 좋은 디카시를 창작하는 데 큰 힘이 되었습니다.

걸음마 단계에서 디카시가 완성되기까지 창작 활동에 정열을 바친 문우들과 함께 디카시집 출간의 기쁨을 나눕니다.

김순희

· 바람길 · 봄눈 · 부부 · 소설
· 자화상 · 추억 · 토라짐

디카 시인, 서울자치신문 문화홍보작가, 한우리
열린교육 독서지도사, 맥파문학 회원, 이야기가
있는 문학풍경 회원, 청맥디카시인협회 회원

바람길

바람은

너와 나 사이

쉼 없이 길을 만든다

마음과 마음이 닿도록

봄눈

어제 그 자리 그리워

다만, 혼자

사운사운 피운 꽃

부부

공기처럼 받쳐주어 몰랐다
비스듬히 내어준 어깨가
서로를 세운다는 것을

소설

햇살이 부른다
할아버지 들려주는
동화 속 이야기

자화상

봄꽃 놀이 모인 친구
멈출 기미 없는 이야기
나는
듣기만 했다

추억

세월이 흘러도
머물고 싶은 순간
또 다른 나
행복을 좇는다

토라짐

헤아려 달라고
표현하지 못하고
등 돌린 함구
믿음과 사랑의 증표

김혜경

· 내 안의 나는 · 보이지 않는 사랑

· 본다 · 비움 · 즐기자

· 풍류 · 황금빛 인생

시인, 디카 시인, 『문학에스프리』 신인상 수상,
서울자치신문 문화홍보작가, 맥파문학상 대상,
맥파문학 월간 디카상 수상, 맥파문학 지회장,
이야기가 있는 문학풍경 회원, 청맥디카시인협
회 회원

내 안의 나는

아름답게 빛나는 순백의 삶
나르키소스에 빠지지 않은
내 안의 나를 들여다본다
굴곡진 세월은
애정과 배려의 삶으로 흘러갔다

보이지 않는 사랑

사랑은
등 뒤에서 말없이 품어주는 것
사랑은
기다리고 지켜봐 주는 것

본다

챙챙 동여맨 너의 자유

인간의 탐욕을 본다

몸이 타들어가도 미소 짓는 너

자신을 내어주는 사랑을 본다

비움

산등성이에 미움 내리고
산봉우리에 잡념 버리고
벗어버린 마음 홀가분하니
사랑이 한 올 한 올 채워지네

즐기자

타고 넘는

삶을 즐기는 자

정점은 끝이 아니다

다시 시작하는 오늘이다

풍류

술 한잔에 한 소절 뽑아보고

달빛에 스며드는 사랑 가슴 데우니

고단한 삶 물소리에 녹아들고

비워낸 마음 한적한 곳에 눕다

황금빛 인생

황금산은 무엇을 품고 있을까

신의 낙원일까

인간의 욕망일까

시인은 노래하네

"빛은 영원하지 않으니 순간을 즐겨라"

박양순

· 과수원 지킴이 · 눈 버섯
· 네 이름이 무엇이냐!
· 님이여 오소서 · 아름다운 생
· 작은 연못 · 첫사랑

시인, 디카 시인, 목회자,『문학에스프리』신인
상 수상, 서울자치신문 문화홍보작가, 맥파문학
회원, 이야기가 있는 문학풍경 회원, 청맥디카
시인협회 회원, 백석총회부흥사 명예회장

과수원 지킴이

잠깐! 거기 누구신가요?

이곳 어디든지 내 시야 반경 안에 있거든요

과수원 풍요로운 열매 재물은 내가 지킨다

눈 버섯

송이버섯 표고버섯 하얀 버섯
번호표 받으려 줄 섰다

누가 가장 귀한 특산품인가?

네 이름이 무엇이냐!

봄이면 찾아와 꽃 피우며

여왕벌처럼

자손 대대 번창하는

너의 이름은 먹 자두꽃

님이여 오소서

님을 향한 그리움 불꽃 되어
어두운 길 등불 밝히오니
님이여! 오소서!

빛으로 오시옵소서

아름다운 생

강산이 몇 번이나 변하고
험한 세월 온몸으로 견디어 왔다

지나온 세월이 쓴 만큼
나의 열매는 더 달다

작은 연못

정담이 오가는 카페 작은 연못

길 잃은 송사리 떼

회오리 돌며 솟아 오른다

바다가 그리워 찾아 가려나

첫사랑

너를 본 순간 첫눈에 빠져 버렸다

발그레 수줍은 너의 볼

미혹하는 빨간 입술이

첫날밤 새색시 같구나!

박향연

· 밤하늘 속 작은 위로
· 연밥의 꿈
· 꿈나무

수필가, 디카 시인, 서울자치신문 문화홍보작
가, 도전 나도 작가회 회장, 울산광역매일문학
대상, 맥파문학 월간 디카상 수상, 젊은 꿈 문학
캠퍼스 회원, 이야기가 있는 문학풍경 회원, 청
맥디카시인협회 회원

밤하늘 속 작은 위로

창문 너머 세상은
인생의 한 장면

나도 저렇게 빛나고 싶다

연밥의 꿈

멈춘 듯 꽃은 지고
돌고 도는 생명의 순환

작은 구멍구멍 생각이 싹트고
알알이 맺히는 침묵의 기도 소리
일체유심조 자비로 피어나리

꿈나무

나무야

너는 왜 이렇게 커

아가야

천천히 자라렴

나도 너만 했단다

백인숙

· 연꽃 · 욕심 바구니
· 이북식 손만두 · 천년 고목
· 춘설 · 콰이강의 다리 · 푸른 숲

수필가, 디카 시인, 서울자치신문 문화홍보작
가, 맥파문학상 심사위원장, 이야기가 있는 문
학풍경 회원, 청맥디카시인협회 회원

연꽃

진흙 속에서도
흔들리지 않고 피는 너
온갖 번뇌 속에
고요함 피워 올린다

욕심 바구니

욕심쟁이 혹부리 영감처럼

하나 담고

또 담고

이북식 손만두

손만두 빚으며

북녘 아버지 고향 그린다

평안북도 태천군 동면

등 굽은 할머니가 만두를 빚고 있다

천년 고목

천년을 말없이 서서
모두를 안는다
마음을 헤아리는 휴식

춘설 春雪

빠르게 다가오던 봄기운

한풀 꺽였다

춘설이 만건곤滿乾坤하니

쉬어 간들 어떠리

콰이강의 다리

녹슨 철교를 걷는다
침묵 속에 울리는
포성과 포로의 절규
지금은
관광객의 포토존

푸른 숲

하늘이 물에 잠기고
산이 마음을 씻는다

시간도 천천히 흐른다

오은경

· 대화 · 사춘기 · 어제 내린 눈

· 엄마 품으로 가는 길 · 여정

· 타임캡슐 · 판도라의 상자

디카 시인, 서울자치신문 문화홍보작가, 맥파문
학 월간 디카상 수상, 맥파문학 회원, 이야기가
있는 문학풍경 회원, 청맥디카시인협회 회원

대화

폭풍이 지나가다 말을 걸었다

견딜 수 있냐고

괜찮은 줄 알고 대답했다

눈물이 쏟아졌다

사춘기

삐뚤어진 불안감

바람만 스쳐도 흔들리는 마음

침묵으로 응원하는 나무처럼

강한 뿌리 내리는 우리

어제 내린 눈

아침을 걷는 길
파란 신호등에 세월이 걸렸다
어제 내린 눈인가
오늘 내린 눈인가

무의미한 시간은 없다

엄마 품으로 가는 길

꼬불꼬불한 인생길

내 손 놓지 않은 한 사람

어릴 적 추억이 손 잡는다

여정

늘 걸어온 길

찬란한 시간의 열정으로

꿈과 희망을 싣고 간다

타임캡슐

좋은 기억만 꽃망울에 담아
'톡' 터트린다

판도라의 상자

굳게 닫힌 문 열리고
초록 물결의 욕망

일탈과 희망의 고리가 쌓인다

윤선화

· 고향의 손 · 망상 · 봄바람
· 삶의 여정 · 심산
· 영겁의 세월 · 홀로 여행

수필가, 디카 시인, 맥파문학 부회장, 이야기가
있는 문학풍경 주간, 서울자치신문 문화홍보작
가, 맥파문학상 수상, 맥파문학 월간 디카상 수
상, 도전 나도 작가회 회원, 청맥디카시인협회
회원

고향의 손

구름 햇볕 바람을 벗 삼아

오랜 시간 눈 비 맞으며 익어가네

할머니의 손맛 맡으며

내 주름도 늘어간다

망상

온갖 고뇌와 번뇌로 가득한 두 눈

알 수 없는 슬픔 허공을 나르고

국화꽃 내음 속 창밖으로 어린 내 눈빛 닮았다.

세상사 모두 무상함이리요

봄바람

내 마음 살랑살랑

연분홍 볼연지 찍고

나비님 기다리는 하루

바람所望 가득한

바람 났나봐

삶의 여정

잃은 것은 무엇이고
얻은 것은 무엇인가?
발자국 흔적 따라 생로병사 그림자
지평선 너머 손짓하는
기쁨과 환희 노랫소리

심산

우주는 말한다

인생은 정해진 길이 없다고

자연의 흐름대로

나 따라가라고

언젠가 자연 속에 파묻히리라

영겁의 세월

얼마나 걷고 걸어 왔을까
닳고 닳은 승의, 허허로운 마음

그래도 가야 한다
번뇌 굴레를 벗어나 깨끗한 세상
정토가 바로 저기인데!

홀로 여행

길을 잃은 것일까? 짝을 잃은 것일까?

온갖 세상 잊고
모래섬에서 잠시 쉬었다 가렴

하늘에서 내려다본
세상 얘기나 전해주고 가렴

윤순자

· 같은 마음 · 궁금해 · 기둥

· 다리 · 삶의 그늘

· 푸른 환호 · 플러스2

디카 시인, 이야기가 있는 문학풍경 회원, 청맥
디카시인협회 회원

같은 마음

걸어 온 길 달라도
마음은 하나

궁금해

궁금하니?
500원

공짜는 없어

기둥

든든한 버팀목
누군가의 기둥이 되고 싶다
나는 어떤 기둥일까

다리

쉼의 세계
행복으로 가는 길
나와 세계를 이어주는
연결고리

삶의 그늘

누군가의 후원자
뒤를 받쳐주는 지렛대
나를 보고 너를 보고
세상 이치를 배운다

푸른 환호

푸르른 이끼 옷 입고
서로 격려하고
비바람 버텨낸 동지애
녹색 훈장이 빛난다

플러스2

불경기인가?

1+1이다

쌍쌍파티 그 시절 그립다

이선옥

· 고모리 호수공원 · 상심
· 세상 · 야경 · 연화지
· 평화로운 고향 마을 · 행궁

시인, 디카 시인,『출판과 문학』신인상 수상, 맥
파문학 이사, 서울자치신문 문화홍보작가, 서울
시 지하철 시민 응모작 당선, 세계문학 본상, 전
국 시 공모 문학대상 수상, 한국 그린문학 신춘
문예 당선, 맥파문학 월간 디카상 수상, 이야기
가 있는 문학풍경 회원, 도전 나도 작가회 회원,
청맥디카시인협회 회원, 시집『단풍 들 때 떠난
손님』,『인내의 꽃』

고모리 호수공원

서로가 힘들어도
이렇게 비 오는 날
외로움 가득 담은 정담

슬픔도 그리움처럼
서로 우산이 되고 싶다

상심

자연은 민생에게 천상 향기 풍기고
세상은 민생에게 지옥 향기 풍긴다

보랏빛 행복했던 순간
맑은 강물 위에 그리움 되어
물그림자로 일렁인다

세상

행복한 내 세상

어디에도 걸릴 게 없다

불씨가 사라지지 않는 한

야경

저 구름 속에는
무슨 사연 숨었나

하늘 아래 펼쳐지는 밤의 경치
아름답지만 되돌아보는 발자국
설핏 스치는 추억 바람 타고 쌓인다

연화지

태워도 태워도 타지 않는

마셔도 마셔도 갈증만

바닷물 같은 그리움

내 사랑 언제나 오려나

평화로운 고향 마을

세월 품은 고향 마을
옥빛 하늘 하얀 구름

가슴에 추억 품고
옛사랑 불러보고
메아리 기다린다

행궁

정조대왕의 효심이 깃든 행궁
아름다운 빛 과거를 비춘다

후손들의
역사가 되어
길이길이 교훈 되소서

이재순

· 고목 · 삶의 길이 · 어부바

· 알겠니? · 잔설

· 청춘 일기 · 터널

디카 시인, 맥파문학 이사, 도전 나도 작가회 회
원, 이야기가 있는 문학풍경 회원, 청맥디카시
인협회 회원

고목

한평생 고난의 삶
공허한 가슴만 남았네

삶의 길이

끝이 없는 것 같지만

인생길 끝이 있듯

순간순간 정리하면

가는 길 짧고 행복하다

어부바

엄마 곁을 떨어지지 않는
연녹색의 어린잎
엄마의 사랑 먹고
홀로 서기 준비한다

알겠니?

파도가 백사장으로 밀려오고
바다가 모래한테 말한다
파도 소리 못 들은 척하니
선으로 전달할게
무슨 말인지 알겠니

잔설

꽉 차 있던 큰 정원
다 녹고 잔설만 남았네

청춘 일기

반포대교 물줄기 형형색색

잊고 있던 세월 속에

청춘을 보았다

그래 그런 때가 있었지

터널

어둠의 긴 터널 끝
찬란한 내 생이
기다리고 있겠지

이필녀

· 가을 화가 · 고석정 · 공존
· 누가 · 보물 · 양탄자 · 종이배

시인, 디카 시인, 서울자치신문 문화홍보작가,
맥파문학상 심사위원, 국제가이아문학대상, 맥
파문학상 수상, 이야기가 있는 문학풍경 회원,
청맥디카시인협회 회원

가을 화가

가을 화가 물감 놀이
바람은 이름을 묻고
나뭇잎마다 형형색색
가을 운동회 승리의 꽃가루

고석정

백마강 낙화암도 울고가네

절벽 단풍 삼천궁녀

꽃이 되어 살아난 듯

공존

하늘과 태양 그리고 땅
노끈으로 질끈 묶으니
마음이 놓인다

누가

몇 날 물 들였을까
황홀한 고운빛
나도 모르고
너도 모르니

보물

파란 바닷물에

백옥같은 소금

조리로 건져

김치 만들면

세상 최고의 맛

양탄자

신랑 신부 아니면
누가 밟을 수 있을까

종이배

물 위에 떠 있는 하얀 종이배

사랑 싣고 님 찾아오는 배

눈물로 떠나는 님 실은 배

이한진

· 갈림길에서 · 누구보다 너를
· 물듦 · 산사山寺에 오르면
· 어머니의 황혼 · 축제 · 꿈

수필가, 디카 시인, 『문학에스프리』 등단, 맥파
문학상 심사위원, 서울자치신문 문화홍보작가,
맥파문학 지회장, 글의세계 편집위원, 맥파문학
대상, 문학에스프리작가회 회원, 청맥디카시인
협회 회원

갈림길에서

첫눈이 반가워 온몸으로 맞았다

눈부시게 아름다운 눈꽃

그래도 아직 가을이고 싶다

누구보다 너를

그냥 지나치다 무심히 보았다
이젠 예쁘다고 보듬어야지
새콤한 향내도 사랑한다 말하고
세상 어떤 꽃보다 귀하다고 속삭여 주어야지
너를 안고 나풀나풀 하늘로 날아야지

물듦

물들어 간다는 것은
내어 맡기고
성숙해지는 일
신비로운 세상 마주함이며
하늘로 돌아가는 자화상

산사山寺에 오르면

산사山寺에 들어서니

부처님의 자비 광명 가득하다

기원 담은 고색창연 오색 등

108배 무진無盡 정열 나무아비타불 관세음보살

청아한 목탁소리 온갖 번뇌 씻기운다

어머니의 황혼

바늘귀 꿰어 주렴

등도 좀 긁어 주렴

돌아 앉으시던 어머니 음성

아련한 세월 메아리 되어

마음은 한 줄기 빛으로

축제

눈가 촉촉이 적셔주고

기쁨과 희망을 건네는

유월의 초록빛

푸른 숨 내 뿜으며

노란 물빛 축제를 연다

꿈

솔향 그윽한 곳에 신방新房 차렸다

찰나의 환영幻影

하루도 천년 같고 천년도 하루 같은

영겁永劫의 시간

그 안에 머물고 싶다

이희숙

· 기다림 · 섬 · 훈장

수필가, 디카 시인, 『문예비전』 신인상 수상, 서울자치신문 문화홍보작가, 맥파문학상 심사위원, 전국여성문학대전 대상, 문학풍경작가회 편집이사, 이야기가 있는 문학풍경 회원, 청맥디카시인협회 회원

기다림

얼음 되어
땡을 기다린다
해 저무는데
무궁화꽃 언제 피려나

쉼

일만 하지 말고
쉴 때라고
흘려 버린 신호
기어코

훈장

켜켜이 쌓인 연륜으로

삶의 여정 인정받아

월계관 얻었다

마음은 아직 이팔청춘

장석영

· 고요와 내면 · 그리움의 맛

· 묵은 어둠 · 삶과 인생

· 존재를 껴안는 경이

· 짐을 짊어진 길 · 하늘 가까운 놀이터

수필가, 평론가, 맥파문학 대표, 이야기가 있는
문학풍경 풍경지기, 청맥디카시인협회 대표

고요와 내면

해발 3천 미터

숨결마저 조용한

작은 공간에선

오히려

내 마음을 가장 또렷하게 들을 수 있다

그리움의 맛

익숙한 듯 낯선 나라
돌담 옆 허름한 간판
"맛있는 김치 있어요."

나는 그리움의 맛을
한 숟갈 사 먹었다

묵은 어둠

흐린 시간에 손을 담근다

여인은 그릇을 문지른다

마디 굵은 손등에

지나온 세월이 비쳤다

여인은 다시 물을 끌어 안았다

삶과 인생

건너온 날들이
뒤에서 흔들리고
가지 않은 날들이
앞에서 손짓한다

존재를 껴안는 경이

하늘이 처음 눈을 뜬 순간
황금 숨결이 피어오른다
말을 잃고 생각을 잃고

시간이 놓고 간 작은 기적
말로 닿을 수 없는 침묵의 아름다움

짐을 짊어진 길

걸음은 무겁고 숨은 가쁘지만
가는 길 멈출 수 없다

마음속 작은 불씨 하나
언젠가 밝혀낼 희망의 빛

하늘 가까운 놀이터

히말라야 산골짜기
나뭇더미 놀이터에

바람보다 먼저 피어나는
가만한 웃음

장애란

· 삶의 애착 · 세 자매 · 영산홍

· 자연보호 · 철원 꽃축제

· 청명 · 하늘 천사

농부 시인, 디카 시인,『출판과 문학』신인상 수
상, 맥파문학 부회장, 서울자치신문 문화홍보작
가, 세계문학상, 대한민국 환경교육문학대상,
윤동주문학상, 이야기가 있는 문학풍경 회원,
청맥디카시인협회 회원, 시집『촌부의 야채가
게』,『아직 살 만한 세상』

삶의 애착

틈새 헤집고 나온 생명
세상을 만나 꽃을 피웠네

고난의 세월 잊고
버텨온 당신
눈물 나게 사랑해 주리라

세 자매

봄 개울가 메뿌리 씹으며

가도 가도 멀었던 오리길

어린 시절 길목에서

팔순 황혼 들녘에 핀 너

동심의 오작교 건넌다

영산홍

배냇 때 점지 되었나
정열의 화신
사춘기 첫사랑
팔순 황혼 길
불씨처럼 피어난다

자연보호

그림자 무릎 꿇고

가슴 치니

푸른 신발 희망 잃지 말자

두 발에 힘 준다

철원 꽃축제

갈퀴손 피운 동심
하늘 천사 놀이동산
관람객 하늘 향해
손 하트 보낸다

청명

무덤가 꽃잔디 곱다
텃밭에 놀던 텃새 따라와
올해 풍년 노래하는데
봄바람 농부를 쓰담쓰담

하늘 천사

민초民草 서러움 달래려고

식용으로 약용으로

하늘에 천사가

파랑새 둥지

지상에 틀었나

전대선

· 가족 · 기다림 · 둥지 · 소원을 말해 봐
· 이정표 · 파리지옥 · 환희

수필가, 디카 시인, 맥파문학 운문작가, 서울자
치신문 문화홍보작가, 한국공무원문인협회 이
사, 대한민국 환경교육문학대상, 세계문학대상,
공무원문학상, 한국문학신문 문학대상, 향촌문
학 수필부문 대상, 한국문인협회 회원, 국제 펜
클럽 한국본부 회원, 청맥디카시인협회 회원,
수필집 『춤추는 금붕어』, 『손님이 가족이 될 때』

가족

부모는 사랑과 희생을 가르쳐 주고
형제는 우정과 경쟁을 알려 주고
자식은 책임감과 기쁨을 선물한다
가족은 영원한 안식처

기다림

얼마나 기다리면 될까

눈가가 촉촉해지네

간절함이 절망이 되지 않도록

기다림이 그리움 되지 않도록

좀 더 가까이

둥지

비바람 불어도 편히 쉼을 청하네
사랑을 물어와
세상에 나갈 용기와 힘을 주네
빈집에 그리움 가득하네

소원을 말해 봐

달님에게 소원을 빌면

달님은 꿈을 주지

별님에게 소원을 빌면

별님은 희망을 주지

마음이 진실로 원하는 것을 말해 봐

이정표

갈림길에 서성이다
가지 않은 길을 그리다
보랏빛
열린 문으로 들어선다

파리지옥

치명적인 매력에 끌려

한 치 앞도 볼 수 없어도

달콤한 유혹에 빠져

온 마음으로 사랑하리

환희

기다림 속 그리움
실낱같은 희망으로
눈을 감고 이어보는
사랑의 입맞춤

정찬주

· 꿈

· 방하착

· 보호수

수필가, 디카 시인, 맥파문학 회장, 이야기가 있
는 문학풍경 회장, 청맥디카시인협회 회원

꿈

작은 어깨 내밀며

별을 따는 소녀

꿈을 향해 무한한

미래를 그려본다

방하착

놓아 버려라
방하착
세 글자뿐인데
왜 이리 무겁고 힘들어
내려놓기가

보호수

아직은 건재하다
벗어놓고 내려놓지 않았다면
오늘이 존재할까

조현순

· 눈을 뜨다 · 물윗길

· 상견례 · 생존과 번영

· 알몸 · 애씀 · 태초의 신비

디카 시인, 맥파문학 회원, 이야기가 있는 문학
풍경 회원, 청맥디카시인협회 회원

눈을 뜨다

어둠을 밝혀주는 한 줄기 빛
눈 부신 태양을 바라보며 찡그리는 눈처럼
아침 녘 눈을 뜨고 세상을 담아보는 순간
살아 있음에 볼 수 있음에 감사한다

물윗길

철원 주상절리 물윗길

이리 갈까 저리 갈까 고민 없는 길

짧은 인생 굽이굽이 도는 삶

한 길은 아니어도 보람 있지 않나

상견례

어렵고 조심스럽고 설레는 맘

간절함에

축복을 더 합니다

생존과 번영

생존과 번영을 위한

내재적 욕구는

모진 풍상에 신음하고

새로운 생명을 위한

이야기를 쓴다

알몸

감추지 않아도
있는 그대로
사랑받기 원하는
내 마음 같다

애씀

온 힘을 다해
놓고 싶지 않은 끈
많은 시간의 노고
또 하나 인생이 펼쳐진다

태초의 신비

청명함
여왕이라는 명칭이
어울리는 물빛
황홀한 자연을 품으며
고맙다 인사한다

채민신

·가족회의 · 무우정舞雩亭 상념 · 발레리나
·북향 · 불경기 · 선비상 · 이방인

수필가, 디카 시인, 『문학에스프리』신인상 수
상, 맥파문학 사무국장, 맥파문학상 심사위원,
서울자치신문 문화홍보작가, 글의세계 편집위
원, 아태예술문학대상, 환경문학대상, 한국문인
협회 회원, 청맥디카시인협회 회원, 문학에스프
리작가회 회원, 디카시집 『저 좀 보세요』

가족회의

할머니는 산머리
어머니는 산허리
며느리는 산기슭

새치 뽑던 그 시절 가족 모임 정겹다

무우정舞雩亭 상념

자연에 귀의하여 춤을 추며 빌던 곳
옛것을 지켜 새것을 만들려는 의지
노송도 춤추며 경배하는 무우정에 앉아
회상리 들판 굽이도는 낙동강 사연 듣는다

발레리나

백조의 호수

1막 2장

한 쌍의 발레리나 날아오른다

북향

등 돌렸다
심우장
그래서 북향이구나

불경기

경기 안 좋아도
이리 안 좋을까?
손님은 간데없고
망부석 되는구나!

선비상

구름도 쉬어가는 물 맑고 산 깊은 새재길
꿈을 품고 오르고 소원성취 돌아오는 옛길
내가 있고 우리가 있고 사회와 국가 있고
사람과 자연이 더불어 사는 선비가 찾아온다

이방인

어느 별에서 왔니

자연의 이치인가

인간의 실수인가

돌아갈 수 있다면

황상숙

· 가을 전령 · 길은 이어진다

· 동반자 · 바람 · 부부꽃

· 엄마 생각 · 꽃길

수필가, 디카 시인, 맥파문학 감사, 서울자치신
문 문화홍보작가, 전국여성문학대전 대상, 대한
민국 환경문학대상, 청맥디카시인협회 회원

가을 전령

갈대는 가을바람 타고 피어나지
수국은 한여름 통쾌하게 웃었지
메뚜기도 오뉴월 한철이라는데

길은 이어진다

구불구불 돌아가는 길
삶의 길도 때로는 이처럼
굴곡진 인생살이 뒤에
맛보는 삶의 지혜려나

동반자

부러지면서도
받쳐주는 소나무
나와 남편의
전생이다

바람

산불을 달래줄
열불을 식혀줄
초심으로 돌아가길

부부꽃

너처럼 한 송이로
부부도 다른 듯 꽃잎처럼
닮아 간 삶 행복하지 않을까

엄마 생각

담장 너머 웃으며
사랑 나누어 주고
슬퍼도 눈물 삼키고
능소화! 웃는 얼굴
사진 속 엄마 생각난다

꽃길

빨간 장미 터널

내 인생
가시 없는
환희의 꽃길 찾아온다